# JACQUES MARTIN

# IORIX LE GRAND

casterman

www.casterman.com

ISBN 978-2-203-31209-8
© Jacques Martin / Casterman 1972.
Tous droits réservés pour tous pays.
Il est strictement interdit, sauf accord préalable et écrit de l'éditeur, de reproduire (notamment par photocopie ou numérisation) partiellement ou totalement le présent ouvrage,
de le stocker dans une banque de données ou de le communiquer au public, sous quelque forme et de quelque manière que ce soit.
Imprimé en France par PPO. Dépôt légal : 2ᵉ trimestre 1972. D. 1972/0053/67.

(1) La mer Noire.

(1) Voir "Alix l'intrépide" et "Les légions perdues".

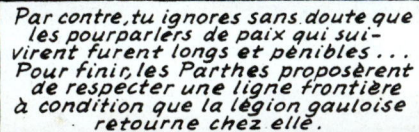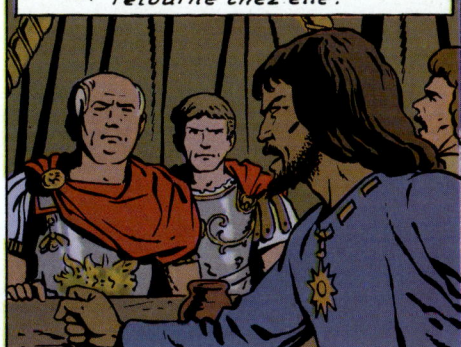

(1) Voir "Alix l'intrépide".

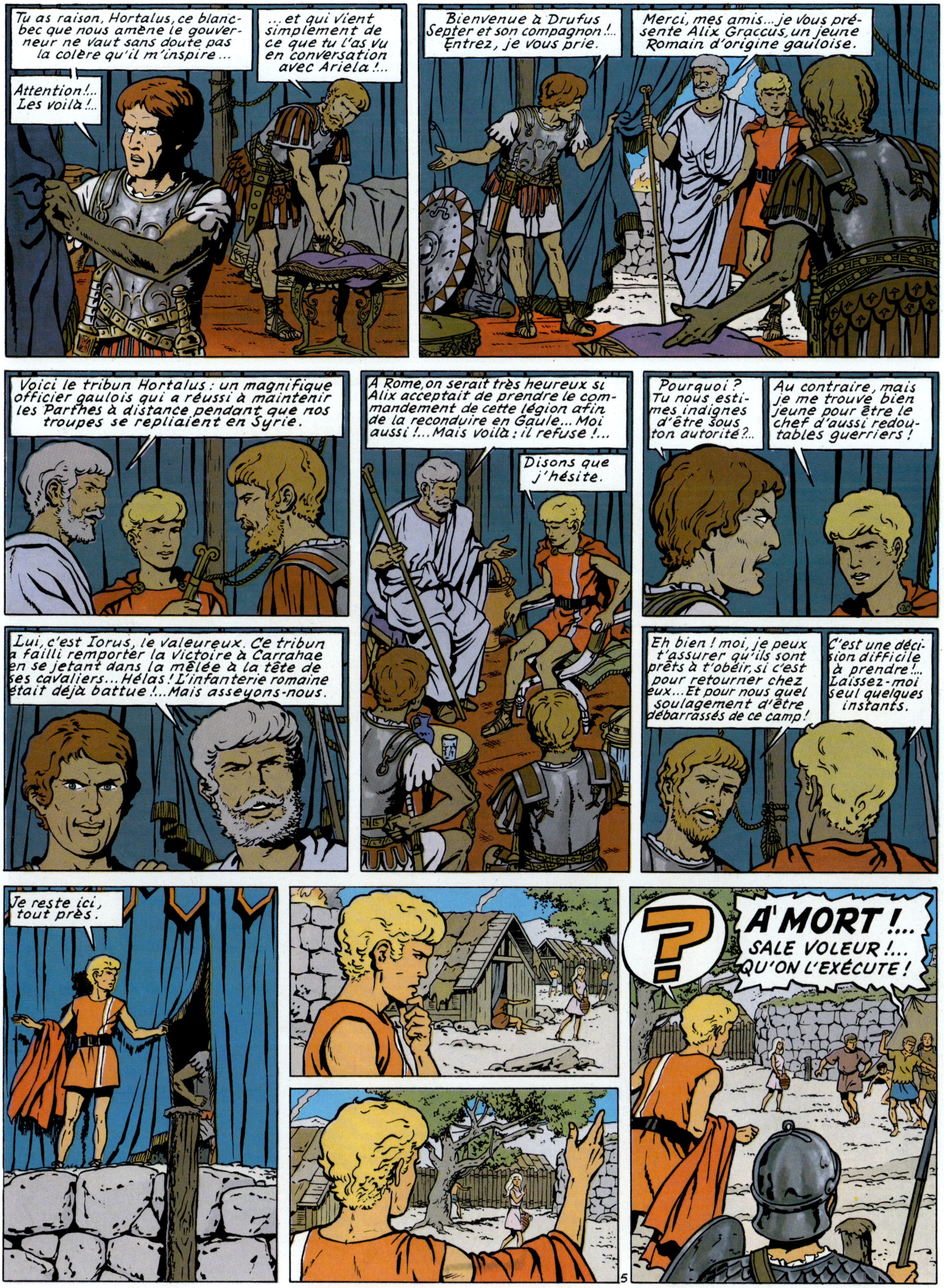

(1) Instruments de musique à vent des Romains.

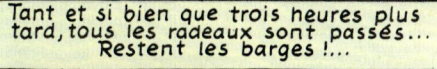

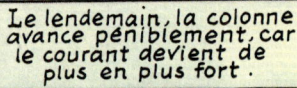

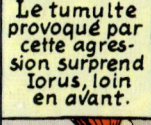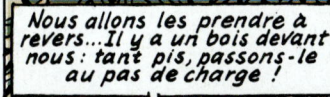

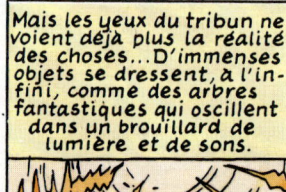

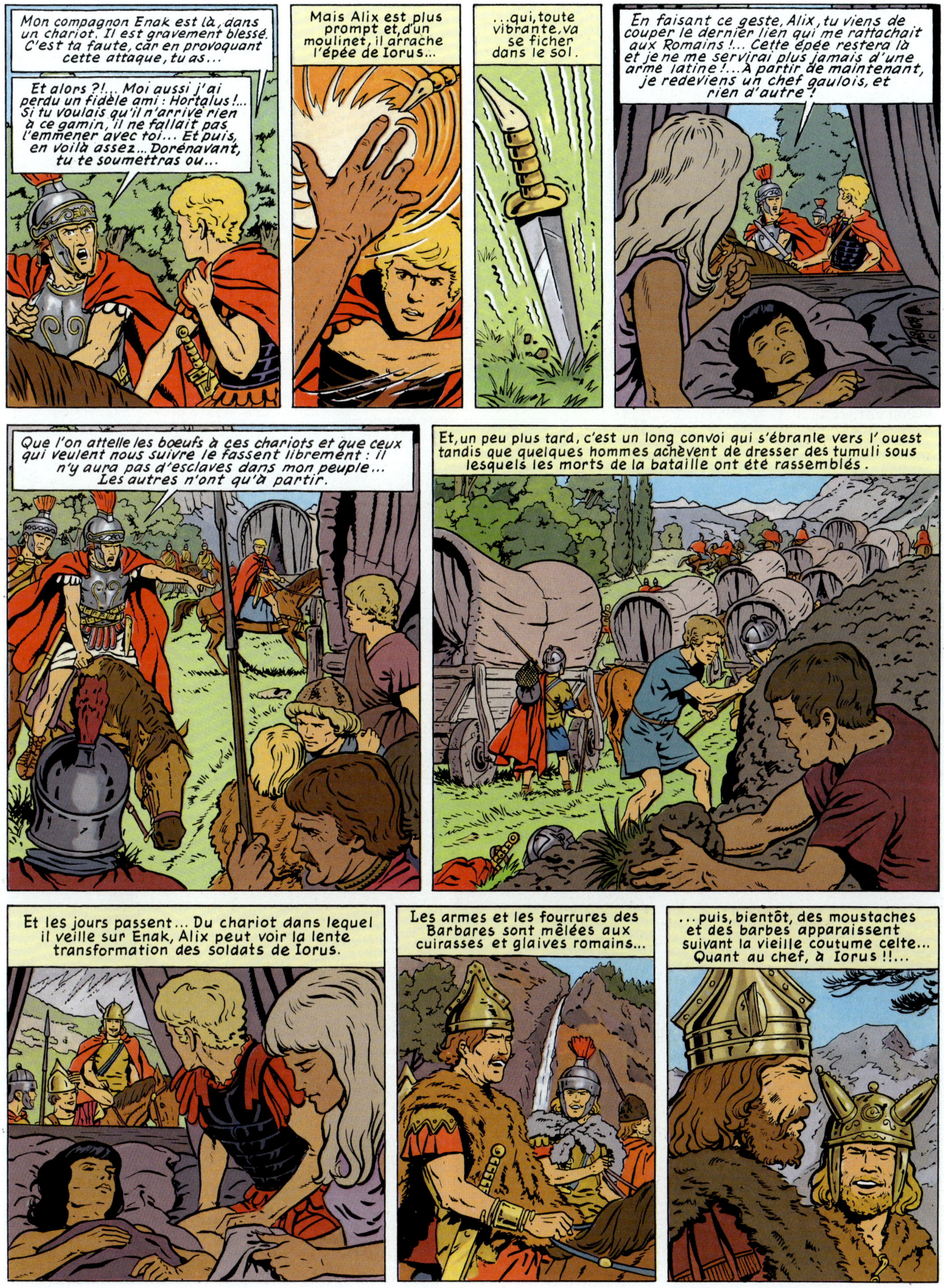
Mon compagnon Enak est là, dans un chariot. Il est gravement blessé. C'est ta faute, car en provoquant cette attaque, tu as...
Et alors ?!... Moi aussi j'ai perdu un fidèle ami : Hortalus !... Si tu voulais qu'il n'arrive rien à ce gamin, il ne fallait pas l'emmener avec toi... Et puis, en voilà assez... Dorénavant, tu te soumettras ou...
Mais Alix est plus prompt et, d'un moulinet, il arrache l'épée de Iorus...
...qui, toute vibrante, va se ficher dans le sol.
En faisant ce geste, Alix, tu viens de couper le dernier lien qui me rattachait aux Romains !... Cette épée restera là et je ne me servirai plus jamais d'une arme latine !... À partir de maintenant, je redeviens un chef gaulois, et rien d'autre !
Que l'on attelle les boeufs à ces chariots et que ceux qui veulent nous suivre le fassent librement : il n'y aura pas d'esclaves dans mon peuple... Les autres n'ont qu'à partir.
Et, un peu plus tard, c'est un long convoi qui s'ébranle vers l'ouest tandis que quelques hommes achèvent de dresser des tumuli sous lesquels les morts de la bataille ont été rassemblés.
Et les jours passent... Du chariot dans lequel il veille sur Enak, Alix peut voir la lente transformation des soldats de Iorus.
Les armes et les fourrures des Barbares sont mêlées aux cuirasses et glaives romains...
...puis, bientôt, des moustaches et des barbes apparaissent suivant la vieille coutume celte... Quant au chef, à Iorus !!...

| | | |
|---|---|---|
| Iorus, lui, rien ne peut plus l'identifier à l'officier romain qu'il fut. Couvert des plus beaux attributs trouvés dans le convoi barbare, il caracole à la tête de sa troupe comme un centaure, paré à l'excès. | Cet accoutrement lui donne un air farouche et l'élégant tribun de Syrie et de Thrace est bien loin désormais ! | Mais tout irait à souhait pour lui si Ariela ne se tenait constamment au chevet d'Enak, en compagnie d'Alix. |

Cela met Iorus dans un état de rage qu'il a souvent bien du mal à contenir.

« Qu'est-ce qui me retient de le massacrer et d'imposer ma loi ?.. Il sera donc toujours en travers de mon chemin ! »

Mais un beau jour...

« ...Une formidable grotte... Que l'on prévienne tout de suite Iorus !... »

« Avec une rivière souterraine... »

Et peu après.

« Parfait !... Nous allons nous reposer ici, le temps de réparer les chariots mal en point. D'ailleurs, les bêtes sont fatiguées. Que tout le monde fasse halte ! C'est un ordre. »

« Alix !... Il faut s'arrêter et aller loger dans cette grotte. Iorus le veut. »

« Dans une grotte ! Pas question ...C'est le pire des campements ! ...Va dire à Iorus que... »

« ALIX !... ALIX !... »

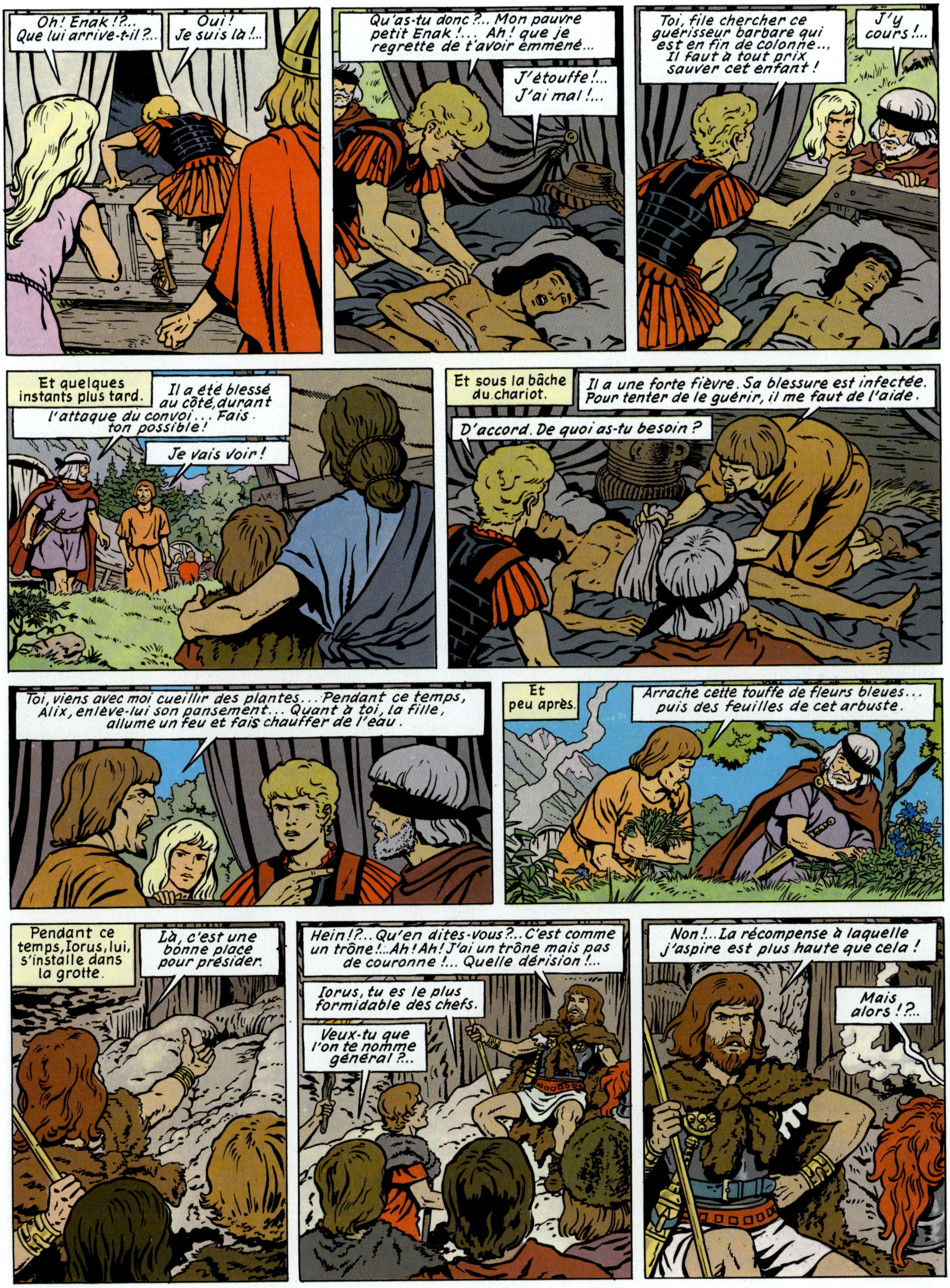

Oh! Enak !?... Que lui arrive-t-il ?...
Oui! Je suis là !...
Qu'as-tu donc ?... Mon pauvre petit Enak !... Ah! que je regrette de t'avoir emmené...
J'étouffe !... J'ai mal !...
Toi, file chercher ce guérisseur barbare qui est en fin de colonne... Il faut à tout prix sauver cet enfant !
J'y cours !...
Et quelques instants plus tard.
Il a été blessé au côté, durant l'attaque du convoi... Fais ton possible !
Je vais voir !
Et sous la bâche du chariot.
Il a une forte fièvre. Sa blessure est infectée. Pour tenter de le guérir, il me faut de l'aide.
D'accord. De quoi as-tu besoin ?
Toi, viens avec moi cueillir des plantes... Pendant ce temps, Alix, enlève-lui son pansement... Quant à toi, la fille, allume un feu et fais chauffer de l'eau.
Et peu après.
Arrache cette touffe de fleurs bleues... puis des feuilles de cet arbuste.
Pendant ce temps, Iorus, lui, s'installe dans la grotte.
Là, c'est une bonne place pour présider.
Hein !?... Qu'en dites-vous ?... C'est comme un trône !... Ah! Ah! J'ai un trône mais pas de couronne !... Quelle dérision !...
Iorus, tu es le plus formidable des chefs.
Veux-tu que l'on te nomme général ?...
Non !... La récompense à laquelle j'aspire est plus haute que cela !
Mais alors !?...

Roi!... Veux-tu être roi ?..
Oui, il le mérite... Qu'on le nomme roi...
Oui ! Oui !... Iorus, roi... OUI!...
Un instant !... J'accepte cet honneur, mais je ne veux pas être seulement le roi d'une légion de valeureux Gaulois ...Je veux être celui de toute la Gaule.
Tu le seras!...
Oui !... Cependant pas sous le nom que les Romains m'ont donné; je reprends le mien, et désormais il n'y aura plus de Iorus... il y aura seulement IORIX !... Pour fêter cet événement, ce soir, je vous convie tous à un grand banquet.
VIVE IORIX!...
Et la nuit venue, le nouveau monarque reçoit le serment de chaque homme, avec tout le faste possible. Dans la grotte immense, le jeu des lumières apporte une note fantastique à cette cérémonie étrange.
Enfin, l'heure des réjouissances arrive et l'hydromel pris aux Barbares coule à flots.
Alix !?.. Où est donc Alix ?... Son absence est une insulte à ma personne !... Qu'on aille le chercher tout de suite... Avec Ariela... C'est un ordre !
Oui, Majesté!
Alix, regarde, une lueur approche!...
En effet !... Dors, Enak, dors... Mais toi, Valerus, prépare-toi à filer avec les chariots, car j'ai l'impression que l'heure du grand affrontement est arrivée.
ALIX!?!

Que voulez-vous ?...
Iorix désire vous voir immédiatement, tous les deux.
Nous arrivons.
Et peu après.
Ces manteaux et mon épée, c'étaient des précautions à prendre !
Puis, dans la grotte.
Majesté, voici Alix et Ariela.
Avancez, mes amis... Je trouvais dommage que vous ne participiez pas aux festivités inaugurant mon règne... car je viens d'être élevé à la dignité royale ... Mais prenez place.
Iorus, tu es devenu fou !?... Un succès trop facile sur une peuplade sans méfiance t'a fait perdre le sens de la mesure... Reviens en arrière, sans quoi tu cours à ta perte !
SUFFIT !... Roi je suis, roi je reste... Je veux oublier tes propos et je vous invite à festoyer...
Pas question !... Je ne désire pas assister à cette mascarade. Mon compagnon Enak est toujours souffrant et il a besoin de moi... Viens, Ariela.
RESTEZ ICI...
Alix, depuis notre départ d'Istrus j'ai supporté de toi quantité d'affronts ! Mais maintenant, comme monarque, j'entends que tout le monde m'obéisse, toi le premier et...
Je t'ai déjà dit que je n'accepterai jamais d'ordre venant de toi !... Non seulement tu trahis l'accord conclu avec Hortalus, mais tu oses maquiller un casque de centurion romain en couronne !...
ASSEZ !... ASSEZ !... CHIEN ! TU VAS...
Alix parvient cependant à agripper la cape de son adversaire et l'entraîne dans sa chute.

Les deux antagonistes roulent, s'arrêtent, puis, comme deux félins prêts à bondir, s'observent un instant dans un silence extraordinaire.
D'un seul coup, les épées jaillissent et les lames s'entrechoquent.
Iorix bondit mais Alix pare, fonce et fait reculer son rival.
Tandis que les glaives brillent de lueurs fulgurantes, les assistants regardent avidement, le souffle court.
Soudain, Alix exécute un rapide moulinet qui oblige Iorix à sauter en arrière. Mais il trébuche...
...et tombe à l'eau.
Presque aussitôt, il refait surface et des dizaines de mains se tendent vers lui.
Trempé, dégoulinant, le regard fou de haine, Iorix contemple un moment Alix, puis il s'approche d'Ariela, toute tremblante.
Je la voulais pour femme... Elle était l'élue!...
Cependant, dès que tu es apparu, elle n'a eu d'yeux que pour toi!... Toi dont le seul compagnon est ce garçon que tu dorlotes dans ton chariot!... Eh bien! puisque tu es plus Romain que Gaulois, je te la donne, mais humiliée...
Oh! Que fais-tu?...
AINSI!...
AAAAAHH!...

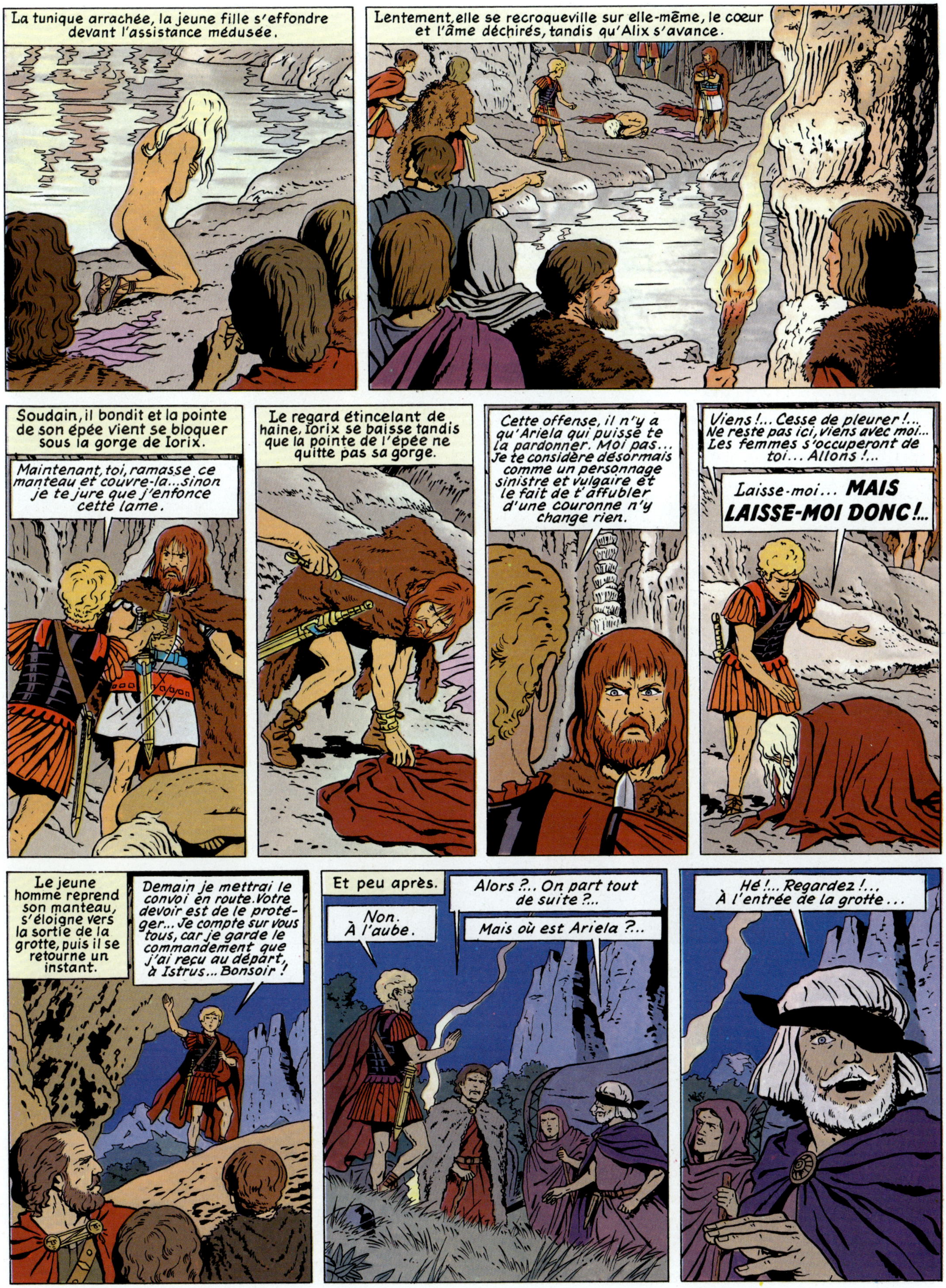
La tunique arrachée, la jeune fille s'effondre devant l'assistance médusée.
Lentement, elle se recroqueville sur elle-même, le cœur et l'âme déchirés, tandis qu'Alix s'avance.
Soudain, il bondit et la pointe de son épée vient se bloquer sous la gorge de Iorix.
Maintenant, toi, ramasse ce manteau et couvre-la... sinon je te jure que j'enfonce cette lame.
Le regard étincelant de haine, Iorix se baisse tandis que la pointe de l'épée ne quitte pas sa gorge.
Cette offense, il n'y a qu'Ariela qui puisse te la pardonner. Moi pas... Je te considère désormais comme un personnage sinistre et vulgaire et le fait de t'affubler d'une couronne n'y change rien.
Viens !... Cesse de pleurer !... Ne reste pas ici, viens avec moi... Les femmes s'occuperont de toi... Allons !...
Laisse-moi... MAIS LAISSE-MOI DONC !...
Le jeune homme reprend son manteau, s'éloigne vers la sortie de la grotte, puis il se retourne un instant.
Demain je mettrai le convoi en route. Votre devoir est de le protéger... Je compte sur vous tous, car je garde le commandement que j'ai reçu au départ, à Istrus... Bonsoir !
Et peu après.
Alors ?... On part tout de suite ?...
Non. À l'aube.
Mais où est Ariela ?...
Hé !... Regardez !... À l'entrée de la grotte...

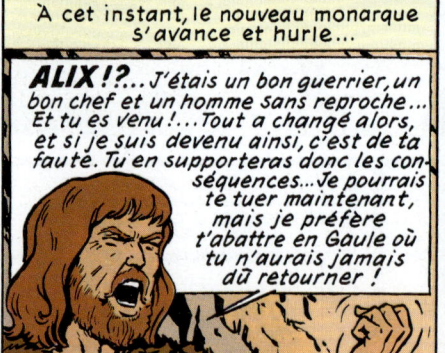

— C'est Iorus qui reconduit Ariela !...
— Il n'y a plus de Iorus : seulement quelqu'un qui s'est fait nommer roi sous le nom de Iorix...

À cet instant, le nouveau monarque s'avance et hurle...
— ALIX !?... J'étais un bon guerrier, un bon chef et un homme sans reproche... Et tu es venu !... Tout a changé alors, et si je suis devenu ainsi, c'est de ta faute. Tu en supporteras donc les conséquences... Je pourrais te tuer maintenant, mais je préfère t'abattre en Gaule où tu n'aurais jamais dû retourner !

— Toi qui as toujours la menace à la bouche, prends garde que la violence ne se retourne contre toi !

— Il s'en va !... Mais maintenant ce sera la lutte à mort.
— Bah ! Il finira bien par se calmer.

Et les jours passent sans trop d'incidents : la cavalerie de Iorix précédant le convoi de chariots.

Souvent, l'imposante troupe rencontre un village dont les habitants ont fui ; ou bien, parfois, un peu de troc s'établit entre quelques indigènes et l'ancienne légion.

Mais la longue marche se poursuit, et lorsque les couleurs de l'automne parent les arbres, le convoi avance toujours vers l'ouest.

Enfin, un soir, la colonne s'arrête. Devant elle, à l'infini, une terre s'étend : la Gaule.

Le matin venu, l'ancienne légion descend dans la plaine. Arrivés là, les premiers guerriers de la colonne se livrent à des débordements qui suscitent la colère de Iorix.
ASSEZ !... Le sol de notre pays est bon à voir mais pas à manger !... Debout, et traversez cette rivière !
Mais la profondeur du cours d'eau arrête toute tentative.
Impossible : les chariots couleraient.
Allons voir plus loin.
Cependant, les rives deviennent de plus en plus escarpées.
Par tous les dieux ! Plus nous descendons, plus c'est difficile... Nous aurions dû remonter vers le nord !
Lorsque, soudain ...
Hé !... Voyez, là-bas : un pont en construction.
Ça, c'est notre chance !
Quelques instants plus tard, un tailleur de pierres, voyant apparaître l'étrange armée, donne l'alerte.
HÉ !... DES BANDITS !... LÀ !... ILS NOUS OBSERVENT !...
Agrenta, cours prévenir l'architecte !
C'est toi le chef ?... Nous voulons franchir ce pont. Lance des poutres.
Cet ouvrage n'est pas un pont, mais un aqueduc. Il n'est pas prévu pour...
Assez de palabres ! Fais ce que j'ai dit... ou je donne l'ordre d'attaquer !...
Mais ils sont fous !... Retirez cet échafaudage, vite, VITE !... Et toi, fais sonner l'alerte.
À L'ATTAQUE !...
WOUOU OUOU

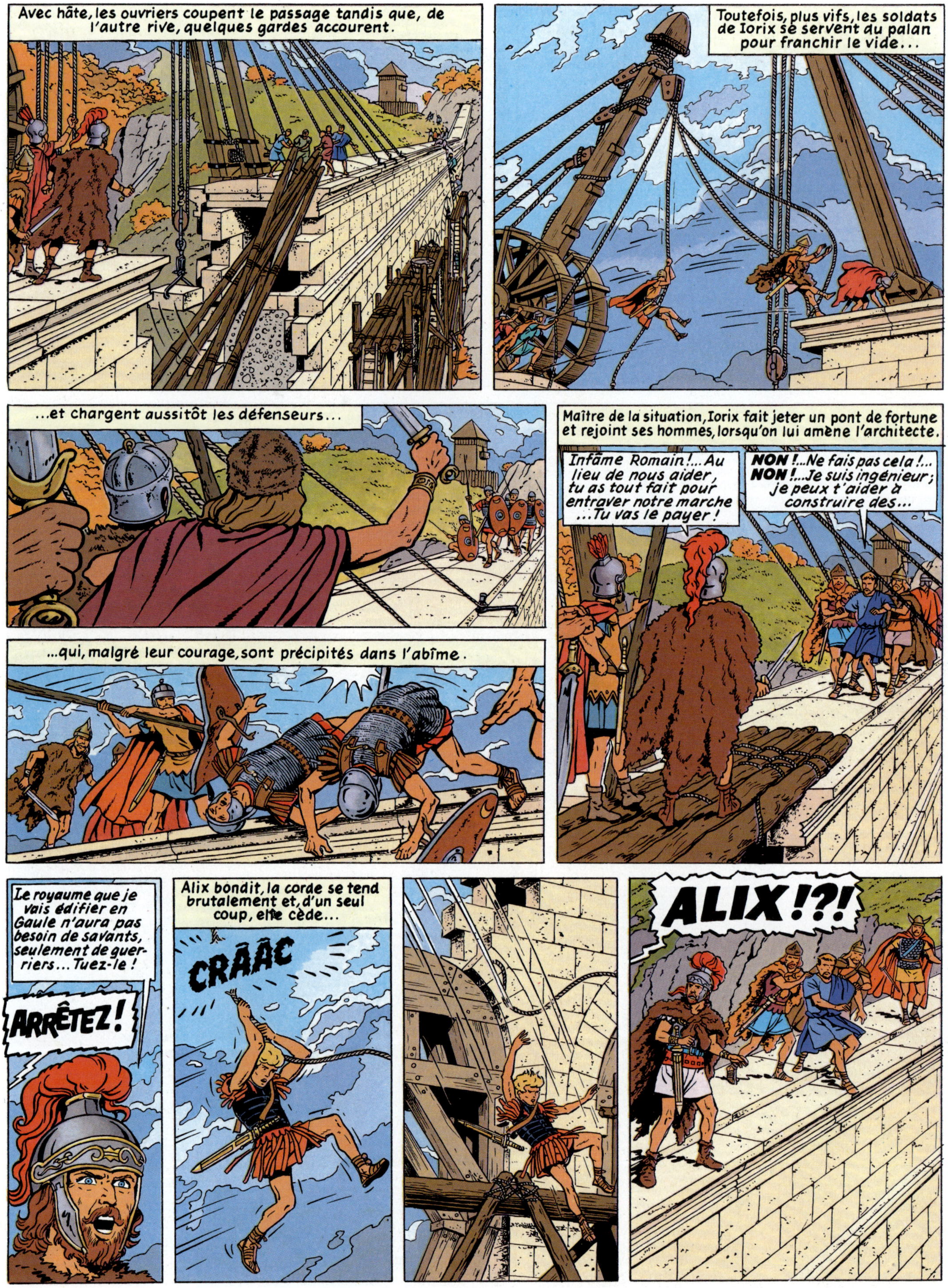
Avec hâte, les ouvriers coupent le passage tandis que, de l'autre rive, quelques gardes accourent.
Toutefois, plus vifs, les soldats de Iorix se servent du palan pour franchir le vide...
...et chargent aussitôt les défenseurs...
...qui, malgré leur courage, sont précipités dans l'abîme.
Maître de la situation, Iorix fait jeter un pont de fortune et rejoint ses hommes, lorsqu'on lui amène l'architecte.
Infâme Romain !... Au lieu de nous aider, tu as tout fait pour entraver notre marche ...Tu vas le payer !
NON !... Ne fais pas cela !... NON !... Je suis ingénieur ; je peux t'aider à construire des...
Le royaume que je vais édifier en Gaule n'aura pas besoin de savants, seulement de guerriers... Tuez-le !
ARRÊTEZ !
Alix bondit, la corde se tend brutalement et, d'un seul coup, elle cède...
CRÂÂC
ALIX !?!

UNE CORDE !...
CRÂÂC
!?
!?
PLOUF
Aaah !... Il est mort !... Il s'est tué à cause de toi, Iorix !... Partout où tu vas, tu sèmes le désordre et la mort ! Mais arrête donc ! Laisse ces gens en paix et lâche cet homme. LÂCHE-LE... S'il te faut une victime de plus, je vais me jeter dans le vide... TU ENTENDS ?...
Cependant, du fond de l'eau, le corps d'Alix remonte lentement.
Il paraît flotter un moment dans le courant mais, entraîné par le poids de l'armure, il s'enfonce de nouveau vers les profondeurs obscures.
NON !... NON !... ARIELA !...
Je vais aller le chercher... Je le ramènerai... Attends !... Je saute...
Et, sans écouter les cris qui s'élèvent autour de lui, Iorix bondit et reste, un moment, comme suspendu dans l'air.
43

Passant au ras des échafaudages, il plonge vers la rivière qui coule tout en bas et disparaît dans une gerbe d'écume.
LE VOILÀ !...
Tonnerre, il était temps !
Puis, il revient à la surface, tenant serré le corps d'Alix.
Une demi-heure plus tard, entouré de ses amis, le jeune homme reprend peu à peu ses esprits. Quant à Iorix, lui, il se tient à l'écart.
Merci tout de même.
Garde tes remerciements. Je te tuerai en combat singulier, mais je ne veux pas que tu périsses par accident.
Ce que tu viens de faire aurait pu nous réconcilier... Dommage !...
Vers le milieu du jour, la caravane traverse la rivière par un gué, en amont, suivant les indications des constructeurs du viaduc.
Plus tard, aux abords d'une cité, à l'heure où la lumière commence à faiblir et où les hommes s'arrêtent de travailler...
Hé ! Une troupe de Barbares a envahi la Gaule ! Je les ai vus !...
Des Barbares !... Hé !... Hé !... Il est fou, ce gamin !...

47

Apprête-toi plutôt à te battre... et à périr ce soir.
Prends garde, Iorix, ceci est peut-être ton dernier matin !...
Mais c'est un fou dangereux !... Comment les soldats obéissent-ils encore à ce forcené qui s'attaque maintenant à des Gaulois : leurs propres frères !? Personne n'aura donc le courage de l'arrêter ?...
Patience ! Patience ! Cette heure viendra plus vite que tu ne crois.
Et, plein de fougue, Iorix rassemble ses hommes.
De la conquête de cette place forte dépend tout notre avenir en Gaule ...SUIVEZ-MOI !
Alors, dans un grand tumulte, tous s'élancent, Iorix en tête.
Du haut des remparts, les citadins voient arriver l'imposante masse de cavaliers.
Et surtout, gardons notre sang-froid ! Pas de geste agressif sans ordre... Attention ! Les voilà !...
Oooh !... Là-haut !... Si vous êtes de véritables Gaulois, ouvrez la porte de cette ville à Iorix, votre compatriote, qui vient vous délivrer du joug romain.
Nous ne subissons pas de joug !... Par conséquent, va t'installer plus loin avec tes hommes. Ici, tu ne trouveras que des gens qui veulent vivre en paix... mais qui se défendront si on les attaque.
Vieillard stupide ! Moi, roi des Gaulois, je te donne l'ordre d'ouvrir cette porte... Si tu n'obéis pas, le sang coulera et tu en porteras la responsabilité.
! ? ! ?
...SOLDATS ! ON INSULTE VOTRE ROI EN LUI REFUSANT L'ENTRÉE D'UNE VILLE DE SON PAYS... EH BIEN ! PUISQU'IL FAUT LA PRENDRE DE FORCE !... EN AVANT !...

Soudain, à l'effarement des défenseurs, Iorix lance ses cavaliers dans une course folle autour de la cité.
Hé ! Où vont-ils donc ?...
Chercher le point faible des remparts ; et ce furieux va le trouver... Vite ! Que l'on sonne l'alerte générale !
Un peu plus loin.
Ici !... Que les plus aguerris me suivent !... Arrivés là-haut nous serons rapidement maîtres de la ville !
Mais ! Majesté !?!...
Dépêchez-vous !... Les vingt premiers : descendez de cheval, et avec moi !
Alors, pour la première fois, les guerriers obéissent à leur chef avec réticence.
Eh bien !?!... Vous voulez conquérir cette place aujourd'hui ou demain ? ...Plus vite, que diable !...
Enfin, arrivés au sommet :
VENEZ !...VENEZ !...ILS NE SONT QUE QUELQUES-UNS !...MAIS !?..MAIS !?
!?

# 50

Iorix et la plupart des soldats sont tombés dans l'eau : pour quelques-uns, la chute a été mortelle.

Et soudain !

HA! HA! HA! LES BEAUX GUERRIERS! HA! HA!

Les chiens! Ils vont me le payer!

Cependant, une autre surprise attend l'ancien tribun.

Sors de là, Iorix, et rentre au camp... Cette équipée fait encore des morts et des blessés; mais cette fois, en plus, tu t'es couvert de ridicule autant que de boue ! Désormais, tu ne mérites plus le titre de roi, car tu n'es qu'un bouffon sanglant !

Alix, je t'avais dit que je te tuerais, en Gaule !... Ce moment est venu... Mets pied à terre !

Tu veux cet affrontement, soit ! Mais si tu ne peux plus te battre en monarque, fais-le tout de même en chef : à cheval.

Par tous les dieux : une monture ! VITE ! VITE !...

Une épée ! Que l'on m'apporte une épée, et un poignard !

Maintenant que tu es armé, Iorix, pars avec tes fidèles et allez fonder une ville quelque part où vous pourrez dépenser vos énergies de manière beaucoup plus utile !

Mais il ne se taira donc jamais !...

Gaulois : massacrons cet infâme renégat et la vermine qui l'entoure... TUONS !...

Mais pas un seul soldat ne bouge.

| Sidéré, Iorix se retourne et... | Iorix ! Nous t'avons suivi parce que nous voulions rentrer dans notre pays et, tant que tes commandements étaient justes, nous avons obéi. Mais nous ne tuerons pas nos frères pour satisfaire ta seule ambition. | Fou de dépit, Iorix se retourne brusquement et, d'un violent coup d'épée, il blesse le cheval du jeune homme. |
|---|---|---|
| Soldats, c'est un ordre ! | | Alix, tu n'es qu'un fils de chien... |

Devant ce geste odieux, les soldats s'élancent afin de poursuivre le fuyard. Mais Alix les arrête.

**NON !**... Je m'en charge !...

Tandis que du haut des remparts, les citadins vont de surprise en surprise.

Mais !?... Ils vont massacrer leur chef, à présent !?... Qu'est-ce que cela veut dire ?

Cela veut dire que nous devons être prêts à faire une sortie. Venez avec moi.

Et plus bas, comme Ariela et Enak arrivent près des soldats...

...Alix, lui, attend de pied ferme la charge de son adversaire.

Au dernier moment, il lève une arme : le cheval prend peur et, dans un bond fantastique, culbute son cavalier.

| | | |
|---|---|---|
| Sortant de son étourdissement, Iorix voit le garçon qui attend, face à lui. | Puis, sous le coup de la colère, il se redresse et se précipite sur son ennemi. | En une haie serrée, les compagnons d'Alix et les anciens mercenaires se bousculent pour mieux voir. |

| | | | |
|---|---|---|---|
| Après une première passe d'armes, les antagonistes s'écartent, s'observent quelques instants, puis se ruent l'un vers l'autre et les fers s'entrechoquent à nouveau. | Brusquement, Iorix fait une passe rapide, brandit son épée... | ...et l'abat avec une force inouïe. | Stupéfait, l'étrange roi regarde ce qui reste de son glaive... |

...et, avec furie, il le lance sur son rival.

L'arme brisée rebondit sur la cuirasse tandis que Iorix détale.

Au même instant, les portes de la ville s'ouvrent pour livrer le passage à des hommes en armes.

Regarde, il s'enfuit vers les collines.

Parvenu au sommet d'un monticule, le fuyard fait face à ses troupes et hurle :

SOLDATS !... À TRAVERS CENT PÉRILS, JE VOUS AI RAMENÉS SUR VOTRE TERRE NATALE AFIN DE CONDUIRE LES GAULOIS AUX PLUS HAUTES DESTINÉES... AVEC MOI, ILS PEUVENT CONQUÉRIR L'UNIVERS... ET C'EST MAINTENANT QUE VOUS M'ABANDONNEZ !?...

...VOUS, MES BRAVES SOLDATS !...
EN VOILÀ ASSEZ !... N'écoutez pas, n'écoutez plus cet homme assoiffé de sang... Lorsqu'il n'a plus eu de Romains à tuer, il est allé pourfendre des Parthes ; lorsqu'il n'a plus eu de Parthes...
...il lui a fallu des Barbares !... Et maintenant qu'il ne peut plus massacrer ni les uns ni les autres, alors il veut jeter les Gaulois dans la plus infâme des guerres civiles... Arrêtez ce fou sanguinaire. Arrêtez-le avant qu'il ne soit trop tard !
SILENCE !... Tu es aussi répugnant que de la pourriture ! Tu cherches à te venger pour l'or que tu convoitais et que j'ai donné aux Romains... Eh bien ! Je regrette seulement de n'avoir pu te crever les deux yeux !
Alix ! Ô Alix ; fais vite quelque chose : ils vont l'assassiner !
Oui. Viens avec moi. Nous allons essayer de le sauver, mais cela ne sera pas facile.
Tandis qu'à la porte de la ville...
Que fait-on ?...
Attendons encore. Il est trop tôt pour intervenir.
Regarde : il est en train d'exhorter sa troupe.
Soldats, mes fidèles soldats !... Je voulais vous conduire de victoire en victoire, comme toujours... Je voulais faire de vous des héros... Je voulais faire de la Gaule un pays puissant... Je voulais...
IORIX !... Tais-toi, et viens avec nous... Par ici.
Par tous les dieux, cet Alix va tenter de le préserver... Non, non et non. Tuons ce monstre, sinon il s'abreuvera encore de notre sang !
AH !... LES LÂCHES !...
Il nous insulte !... Eh bien, qu'il meure !

Mais avec une habileté extraordinaire, Iorix happe le trait au vol.
HA! HA! HA! HA!
Merci ! Je n'avais pas d'armes et tu m'en envoies une ...Eh bien ! maintenant, viens donc te mesurer à moi !...
Iorix, je t'en supplie, tais-toi et viens... Ne comprends-tu pas qu'ils veulent te tuer ?...
NON !... ARRÊTEZ !... Vous pourriez toucher Ariela !... ARRÊTEZ !...
Ah ! ma chère petite Ariela ! Enfin tu viens à moi... N'aie pas peur, ce sera un moment formidable... Tu n'as pas voulu de moi dans la vie, alors marions-nous dans la mort !... VIENS !...
Mais ! ?!...
MAINTENANT, SI VOUS L'OSEZ, JETEZ VOS LANCES !...
Mais, laisse-moi... Iorix... IORIX !...
Ils vont les transpercer tous les deux... Les soldats sont suffisamment surexcités pour commettre un tel crime.
Alix, reste ici... ALIX !...
Tiens !... Il restera !...
!
ALIX !... Ô ALIX !...
52

Cependant, plus haut, Ariela se débat à coups de poing et de griffes...
Aah ! La chienne !...
Alors, avec violence, Iorix la projette au loin.
Va donc rejoindre tous ces traîtres, tes frères !...
Puis, tandis qu'un vent glacial se lève, Iorix fait face à la foule.
Bon ! On y va maintenant ?...
Non ! Pas encore !... Pas encore !...
Vous voulez me tuer, n'est-ce pas ? Alors qu'attendez-vous ?... Mais soyez maudits ... Et que vos enfants soient maudits, de génération en génération pour que, jusqu'à la fin des temps, l'on sache que vous avez assassiné la Gaule et Iorix le Grand...
VOUS AVEZ ENTENDU !... Il se prend pour un dieu... Il est fou !... C'est un fou criminel !... Il faut l'abattre ; mais pas avec des armes, ce serait trop noble ; avec des pierres, comme on assomme un chien enragé... TUONS-LE !...
Soudain, Iorix lance le trait avec une force terrible et celui-ci vient transpercer Valerus qui s'écroule comme une masse.
Aussitôt, une volée de pierres fuse vers Iorix qui tombe à genoux ; mais ses cris se perdent dans les vociférations de ses bourreaux et dans le vent qui se déchaîne.

Disparaissant peu à peu sous la masse de pierres, l'ancien monarque s'affaisse lentement...
...tandis que ses soldats hurlent leur haine encore longtemps.
Enfin, Iorix pousse un grand cri... et le silence tombe sur la lande.
Alix !?!... Regarde-moi ! C'est Enak !...
Que s'est-il passé ?...Oh ! Ma tête !... Pourquoi m'a-t-on frappé ?... Et Iorix ?...Où est Iorix ?...Oh ! Ariela !...
Alors, pendant qu'Alix réconforte la jeune fille, les hommes de la ville avancent prudemment. Quant aux anciens mercenaires, eux, ils retournent vers les chariots en emportant le corps de Valerus.
Ô, Alix ! Ils l'ont tué !... Et tu n'as rien pu faire... Et moi non plus !...C'est horrible !...
Ses rêves ambitieux étaient trop grands pour ses compagnons...Peut-être est-il venu trop tard...ou trop tôt !?... Maintenant, il va falloir s'occuper de sa tombe, avec les gens de cette ville... Venez.
Peu après, Alix, suivi d'Enak et d'Ariela, se dirige vers les hommes de la cité...
Iorix, lui, perdu dans l'immensité, reste immobile à jamais, les yeux fixés sur les nuages, comme s'il poursuivait en songe une chevauchée fantastique....avec pour seul chant funèbre la plainte infinie du vent.
54
FIN

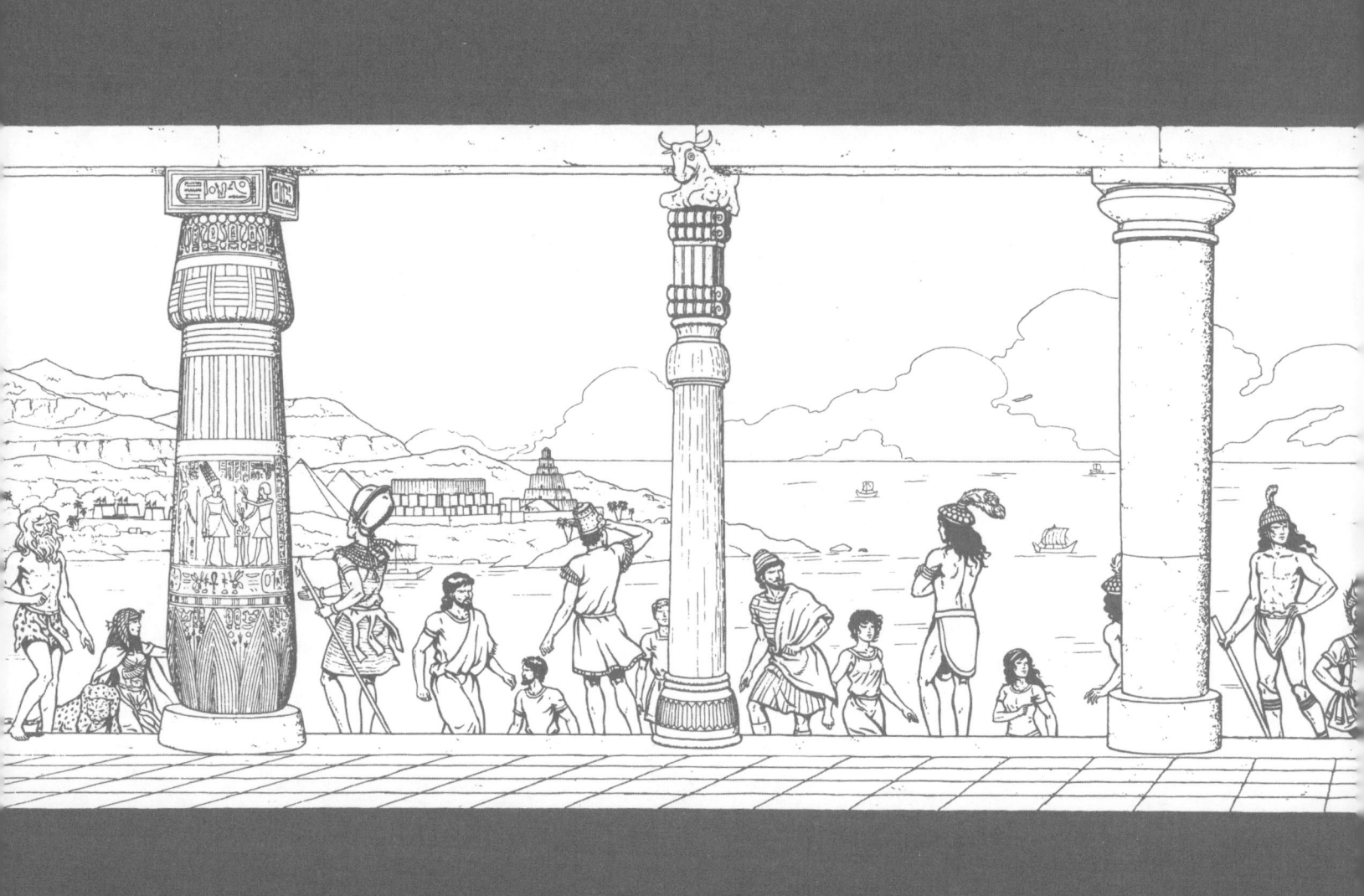